24
23
22
21

24 belles histoires pour attendre Noël

FLEURUS

FLEURUS

Illustration de couverture : Marina Pessarrodona
Direction : Guillaume Pô
Direction éditoriale : Sarah Malherbe
Édition : Anna Guével, Raphaële Glaux
Direction artistique : Élisabeth Hebert, assistée de Léa Pinard
Conception graphique de la couverture : Mathilde Dufau
Fabrication : Thierry Dubus, Julia Mirenda

Site : www.fleuruseditions.com
ISBN : 9782215165576
MDS : 651638N1

24 Belles histoires
pour attendre
Noël
FLEURUS

Sommaire

1er décembre

Le géant impatient

« Du pain d'épices, de la cannelle, du chocolat… Hum !
Ça sent le marché de Noël ! » Le géant impatient enfile vite son pantalon et court au village, ce qui n'est pas très loin pour ses longues jambes.

« Est-ce aujourd'hui Noël ? demande-t-il aux passants.

– Mais non, répond un garçon qui se demande bien d'où sort ce géant pour poser une question pareille. Noël, c'est dans 24 cases du calendrier ! Tu as le temps !

– Oui, dit le géant, mais je n'ai pas pu attendre, alors, j'ai ouvert toutes les cases en même temps. Noël devrait donc être arrivé.

– Ça ne compte pas, dit le garçon, tu as triché.

– Mais qu'est-ce que je vais faire ? dit le géant impatient. Je m'ennuie drôlement. J'ai décoré tous les sapins de la forêt, j'ai écrit une lettre au père Noël : je n'ai plus rien à faire maintenant. Je voudrais déjà être à Noël ! dit-il en trépignant.

– Arrête ! dit le petit garçon. La terre tremble sous mes pieds ! Et puis, je dois rentrer, sinon, je vais me faire gronder. À bientôt ! »

Le géant se retrouve seul. Il erre dans les rues en traînant ses grands pieds. La nuit commence à tomber, les gens rentrent chez eux pour préparer à manger et allumer la télévision.

« C'est comme ça qu'ils patientent, se dit le géant en se penchant vers les petites fenêtres. Ils regardent les programmes des fêtes pour attendre le réveillon. Mais ces écrans sont vraiment trop petits pour moi. Ce n'est pas juste, il doit bien y avoir une solution… »

Et, la nuit, le géant vole tous les téléviseurs et se fait un écran géant. Le lendemain matin, tout le village tambourine à sa porte.

« Voleur ! crient les gens. Rends-nous nos télévisions, nous savons que c'est toi !
– Non, non et non ! dit le géant en ouvrant sa porte. Je ne vous les rendrai pas. Ce n'est pas juste que je sois le seul qui s'ennuie dans ce pays. Vous n'avez qu'à me distraire, et je verrai ce que je peux faire. » Les villageois se concertent.
« Ce géant est mal élevé, se disent-ils. Mais bon, quand même, il a l'air de beaucoup s'ennuyer… »
Et ils lui proposent une solution : « Si tu nous rends nos télévisions, nous te raconterons une histoire chaque soir avant de te coucher, jusqu'au réveillon.
– Bon, d'accord, dit le géant, je veux bien essayer. »
Le soir même, il fait un grand feu pour réchauffer tout le monde et l'histoire commence.
Chacun invente un épisode, on s'amuse bien.
La soirée est tellement réussie que, tous les soirs, les villageois et le géant se retrouvent pour se raconter des histoires. Ils rient, pleurent et rentrent faire de très beaux rêves. Enfin, on avait trouvé un bon moyen d'attendre Noël tous ensemble, et personne ne vint jamais réclamer sa télévision.

La bagarre des chaussures

C'est la bagarre dans le placard à chaussures d'Arthur. Noël a lieu d'ici 23 jours et les souliers ont commencé à se disputer. Qui aura l'honneur d'être mis sous le sapin pour recevoir les cadeaux d'Arthur ?

« Moi, bien sûr, déclare le soulier en cuir. Je suis si beau avec ma boucle dorée. La maman d'Arthur prend grand soin de moi ! Elle me fait des séances de maquillage régulières, avec ce cirage noir qui brille à la lumière. Je suis LE soulier préféré. Inutile de rêver, mes amis ! C'est moi qui…

– Prétentieux ! Vaniteux ! bougonne la basket indignée. Tu n'es qu'un coquet peureux. Il te faut des tapis tout doux, des trottoirs tout lisses ! Moi, je sais courir dans les bois, jouer au foot, pédaler à toute allure sur le vélo d'Arthur. Je suis une chaussure sportive et pleine d'énergie, c'est moi la chérie. D'ailleurs, Arthur me l'a dit : je ne lui donne pas d'ampoules. Avec toi, il lui faut des rouleaux de sparadrap !

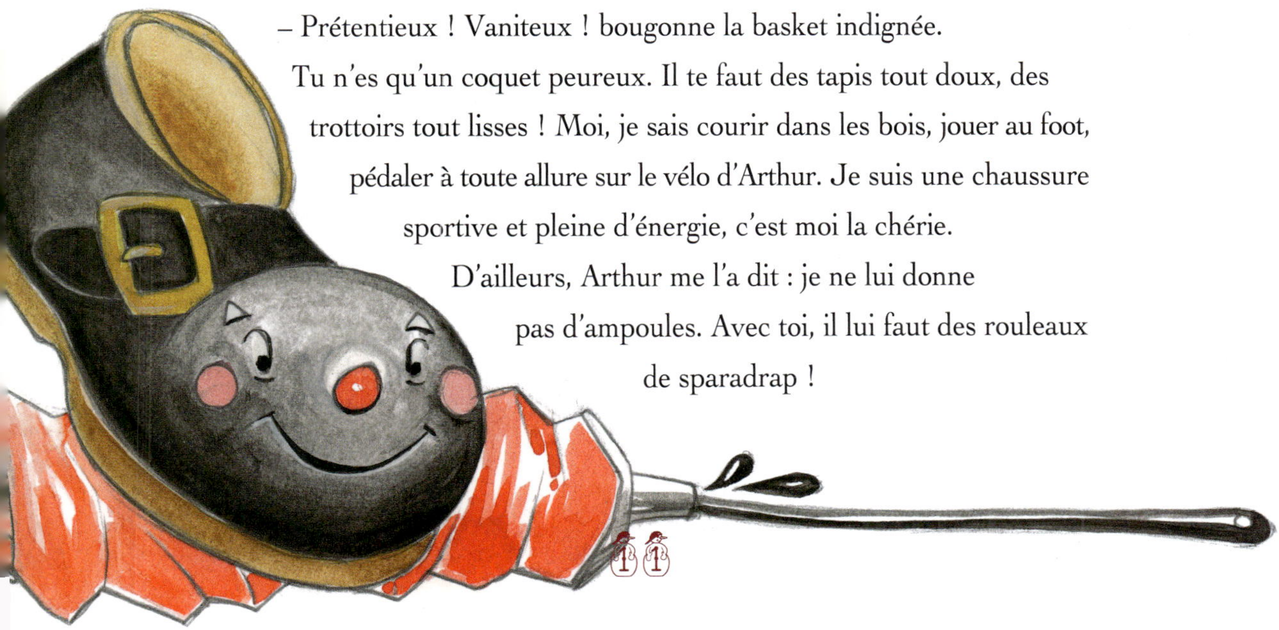

– Taratata ! siffle la botte. C'est moi la reine en cette saison. Je ne crains ni la pluie, ni la boue, ni la neige, ni le plus affreux des mauvais temps. Arthur me choisira sûrement !

– Et moi, et moi ? gémit la sandale en plastique. C'est injuste ! On ne parle pas de moi, tout ça parce que je suis une chaussure d'été… »

Les autres se mettent à ricaner.

« Tu t'es regardée, minable nouille de plage ? Allez, rendors-toi jusqu'aux grandes vacances !

- Bande de jaloux ! hurle la sandale. Vous m'enviez parce que vous restez enfermés dans la ville tout l'été, pendant que je cours sur le sable et que je pêche des crevettes ! »

Soudain, le branle-bas de combat cesse tout net, les chaussures deviennent muettes. Arthur et sa maman viennent d'ouvrir le placard !

Le soulier ciré tente de se faufiler discrètement par-devant.

Mais la basket lui fait un croche-pied pour l'empêcher d'avancer…

« J'ai grandi, dit Arthur. Toutes ces chaussures me font mal au bout des pieds.
– Eh bien ! Justement, je viens de t'en acheter une nouvelle paire ! » répond maman en attrapant une boîte sur l'étagère. Arthur ouvre le carton.
« Oh ! Qu'elles sont belles ! On dirait des coccinelles ! »
Ce sont de superbes chaussures rouges avec trois pois noirs sur le côté. Elles sourient jusqu'aux oreilles, ce qui les rend encore plus belles.
Maman assure à Arthur : « Elles sont confortables comme des baskets, imperméables comme des bottes et assez élégantes pour remplacer tes souliers.
– Merci, maman ! Je vais les mettre dès maintenant pour m'en faire des amies. Ce sont elles que je poserai sous le sapin à Noël ! Avec leur grande pointure, elles pourront contenir encore plus de surprises pour Arthur ! »
Les chaussures abandonnées sont toutes tristes.
Arthur les console : « Ne vous inquiétez pas, mes amies ! Je ne vous oublie pas.
L'an prochain, vous serez les chaussures de mon frère Petit Pierre, quand il aura grandi. Grâce à lui, vous retournerez sous le sapin, c'est promis ! »

Le Super-Héros des enfants

Quelques jours avant la grande nuit de Noël, huit célèbres rennes se dégourdissent les pattes, tandis que leur maître, le père Noël en personne, scrute l'horizon d'un air songeur. Mais un objet volant non identifié passe à toute vitesse sous sa barbe, lui frisant la moustache aux extrémités.

« Sacré nom d'une bûche de Noël ! Quel est le malotru qui ne respecte pas la priorité ?

– Ohé, grand-père ! Vous ne voyez pas que vous êtes sur la piste d'entraînement des Supers ? Vous avez besoin de lunettes ?

– Des Supers… des Supers chauffards oui, marmonne le père Noël dans sa barbe.

– Pardon ? lui crie l'autre. Oui, c'est moi, Superman, le héros des enfants !

Et j'aimerais m'entraîner tranquillement. Alors, soyez gentil, allez promener vos biches ailleurs, merci. »

Quel affront ! Le père Noël rougit de colère, ses oreilles s'échauffent drôlement et ses yeux lui sortent de la tête, comme la fois où il a avalé son bretzel de travers.

« Hé ! Super-vantard ! Je parie que mes rennes vont plus vite à tirer mon traîneau que toi à traîner ton petit derrière !

– Ah ! ah ! ah ! rit Superman, un peu surpris. Grand-père a encore le sens de l'humour ! Eh bien, j'accepte le défi, ça m'entraînera. Essayez donc de me rattraper ! »

Et ni une ni deux, Superman plonge vers la ville à la vitesse de la lumière. Seul au milieu des nuages, le père Noël se sent beaucoup moins audacieux. Pourquoi ne pas rentrer sagement se faire un bon chocolat ? Mais, que se passe-t-il ? Le traîneau bouge dans tous les sens. Les rennes s'impatientent, ils ont l'air plutôt vexés.

« Bon, d'accord, dit le père Noël. À la poursuite de Super-énervant ! Yahou ! »

Et les rennes partent au triple galop.

Pendant ce temps, Superman vogue au-dessus des cheminées.

Quand, tout à coup, des enfants crient de leur fenêtre : « Ohé, Superman ! C'est bien toi ?

– Oui, mes petits ! Mais je n'ai pas le temps pour les autographes aujourd'hui.

Je suis poursuivi par un vieux fou… »

Mais les enfants ne l'écoutent plus.
Ils sont fascinés par un traîneau qui file à toute allure.
« Regardez, c'est le père Noël ! » Et ils crient de plus belle.
« Vas-y, père Noël, t'es le plus fort ! »

Le père Noël n'en revient pas. Le sourire jusqu'aux oreilles, il n'est pas peu fier.
Quant à Superman, il se rend enfin compte à qui il a affaire, mais pas le temps de réfléchir, huit rennes foncent droit sur lui.
Il veut s'enfuir, mais il est stoppé net dans son élan.
Le premier renne vient d'attraper le bout de sa cape avec les dents.
« Youpi ! Père Noël, tu as réussi ! »

Et c'est ainsi que Superman
apprit qu'un vieux fou avait
aussi sa place au royaume des Supers,
et devint même son ami.
Car comme héros des enfants,
le père Noël est sans aucun
doute le plus grand !

4 décembre

Dispute chez le père Noël

« Père Noël, je m'en vais, j'en ai assez ! Je fais mes valises.

– Vous êtes bien rigolote, ma chère. Mais, à vingt jours de Noël, partir en voyage ne me semble pas une excellente idée !

– Je m'en fiche de Noël ! Je m'en vais, c'est tout ! J'en ai assez d'être exploitée, voilà ! Qui range et nettoie votre atelier après que Môssieur s'est bien amusé à fabriquer tous ses jouets ? C'est moi ! Qui lave et repasse les habits de Môssieur pour qu'il soit beau quand il descend voir les enfants ?

C'est moi ! Qui nourrit les rennes, les bouchonne, les caresse, leur raconte des histoires ? C'est encore moi ! C'est moi, c'est moi, c'est moi ! Et j'en ai plus qu'assez !

– Mais, ma douce…

– Et avec tout ça, jamais une petite surprise, jamais de petites attentions. Vous inondez les enfants d'innombrables cadeaux et pour moi, rien ! Mon anniversaire, par exemple ? Qu'est-ce que j'ai reçu pour mon anniversaire ? »

Le père Noël se gratte la barbe.

C'était quand déjà, l'anniversaire de la mère Noël ?

« Oh ! ne cherchez pas la réponse dans votre barbe ! Rien, je n'ai rien reçu ! Et pour ma fête ? Rien ! La Saint-Valentin ? Rien non plus. Jamais de dîner aux chandelles, jamais de fleurs, rien, rien, rien ! »

Le père Noël est tout étourdi de tant de reproches.

« Et vous croyez que c'est agréable de passer tous ses Noëls toute seule, pendant que Môssieur joue les jolis cœurs sur son traîneau ? Et il ne vous est jamais venu à l'idée que, moi aussi, de temps en temps, j'aimerais faire un tour de traîneau ? »

Et la mère Noël s'enfuit dans sa chambre en pleurant.

Le père Noël convoque immédiatement tout le monde : « Mes amis, je vous ai tous réunis, parce que la mère Noël veut partir et il va falloir que vous m'aidiez à la retenir… »
Le soir venu, une petite elfe vient avertir la mère Noël qu'on l'attend pour dîner.
Quand elle pénètre dans la salle à manger, elle croit rêver : on a dressé une table de fête, les lutins font le service et les rennes chantent en chœur et jouent de la guitare sur l'estrade.
Le père Noël la conduit jusqu'à sa place.
« Voilà, ma douce, ce soir, nous allons partager tous les deux le repas de Noël avant l'heure.
Pardonnez-moi si je vous ai négligée trop longtemps.
Sachez que je vous aime et que, sans vous, le père Noël ne serait qu'un pauvre homme bien triste.
Désormais, je ferai plus attention à vous et vous couvrirai de cadeaux. »
La mère Noël rosit de plaisir.
« Finalement, j'ai bien fait de l'épouser, ce père Noël ! »

Le régime du père Noël

« Aïe, aïe, aïe, c'est de pis en pis ! »
Le lutin Adrien secoue la tête, catastrophé.
Le père Noël vient d'enfiler son costume d'hiver…
Et il est encore obligé de desserrer un cran de sa ceinture en cuir, parce qu'il a abusé toute l'année des bûches au café et du saumon fumé…
« Bon sang de déprime, il faut que je fasse un régime ! »
Le lendemain, il se met à la diète : il ronge une triste biscotte le matin ;

il gobe un pauvre œuf poché le midi ; et il avale une malheureuse soupe le soir, avant de se mettre au lit…
Pauvre père Noël ! Toute la nuit, il rêve de chapons dorés poursuivis par des pommes de terre sautées !
Il croit qu'il nage dans la crème glacée !
Et à son réveil, il se précipite sur le réfrigérateur, en rugissant comme un ours polaire. Mais il a beau le secouer en tous sens, la porte refuse de s'ouvrir : une grosse chaîne bloque la poignée ; et c'est Adrien qui a les clés…
Privé de bombance, le père Noël maigrit, maigrit.
Chaque jour, il gagne un cran de ceinture…
Mais moins il pèse de kilos, moins il est rigolo.
Il ne chante plus faux en réparant son traîneau ; il ne se déguise plus en renne pour faire rire le troupeau ; il ne cache plus les outils des lutins dans leurs traversins.

Au bout d'une semaine, toute la maisonnée est triste et découragée.
À la cantine, le midi, tout le monde a perdu l'appétit. Dans l'atelier des jouets, on entend les mouches polaires voler et les estomacs gargouiller.
Alors, Adrien décide de prendre les choses en main. Le lutin dresse sur la grande table du salon une belle nappe blanche. Il fait rôtir dans ses fourneaux de gros sangliers des neiges et prépare ses fameux gâteaux aux raisins secs.
Ce soir-là, tout le monde se retrouve autour du festin. On mange, on boit.
Pour la première fois depuis des jours, on entend des chants, des rires…
Et à dix heures cinq exactement, BLAAAAM, la ceinture du père Noël explose en mille morceaux. Le gros bonhomme regarde ses amis, mi-navré, mi-amusé, en retenant son pantalon…
« Bon sang de marmotte, va falloir remanger des biscottes ! »

Saint Nicolas et Bourricot

Chaque année, saint Nicolas profite de sa grande tournée pour passer saluer son cousin Léonard qui vit dans une ferme isolée. Léonard raconte plein d'histoires et a toujours des idées farfelues. Cette fois-ci, il voudrait prêter son âne à Nicolas pour la journée.

« Mais pourquoi voudrais-tu échanger ? demande le saint. Mon âne me convient très bien.

– S'il te plaît, demande Léonard. Bourricot n'a jamais voyagé, il serait tellement heureux si tu l'emmenais. Il est tout petit, il se fera très discret.

– Bon, dit Nicolas, si c'est pour faire plaisir à Bourricot, c'est d'accord ! »

Et les voilà partis sur la route pour parcourir le pays. Bourricot trottine sur le chemin, quand, tout à coup, il s'arrête brusquement.

Saint Nicolas doit s'accrocher pour ne pas tomber.
« Que se passe-t-il ? » demande le saint.
Mais l'âne ne répond pas.
Il observe des vaches avec de grosses cloches, qui broutent dans un champ.
« Allez, au trot, Bourricot ! » lance Nicolas.
Mais le petit âne refuse d'avancer, il n'a jamais vu de cloche de sa vie et en reste ébahi.
« C'est une cloche que tu veux ? » demande saint Nicolas.
Il va alors chercher la plus grosse du troupeau et la passe au cou de Bourricot.
Le petit âne est si content de sa belle cloche qu'il repart gaiement,
en agitant la tête pour la faire tinter.
« Pour la discrétion, c'est raté… » pense Nicolas. Mais le saint n'a pas
le temps de souffler qu'il doit encore s'accrocher. L'âne s'est arrêté devant
la vitrine d'une boutique de sabots de bois.
« Ah non ! râle Nicolas, ça ne va pas recommencer ! »
Mais Bourricot refuse d'avancer jusqu'à ce qu'on lui
chausse quatre gros sabots. De village
en village, les gens se pressent pour voir l'âne déguisé,
on le caresse et on lui donne à manger.
Bourricot goûte à chaque spécialité.

À la fin de la journée, il faut reprendre le chemin de la ferme.
L'âne est content de retrouver son maître.
Mais, au bout de quelques jours, Bourricot a triste mine.
Il ne mange presque pas et soupire sans arrêt :
« Cette ferme est trop petite pour moi. »
Léonard ne l'a jamais vu comme ça. Le jour de Noël, il vient voir son âne :
« Regarde, Bourricot, tu as reçu une lettre du père Noël ! »
Mais Bourricot n'est pas d'humeur à faire la fête.
Il ouvre l'enveloppe sans enthousiasme.
De toute façon, il n'a rien demandé cette année…
Mais quelle surprise, c'est un billet d'avion pour faire le tour du monde !
Bourricot est fou de joie, son rêve se réalise !
Il saute au cou de Léonard qui a tout manigancé, court faire
ses valises et promet de rapporter
plein de souvenirs !

7 décembre

L'école des anges I

« Bienvenue à tous, mes enfants. Vous voilà à l'école des anges. Je suis votre professeur principal, l'archange Gabriel. Notre première leçon consistera à apprendre à voler. Alors voilà : nous allons décoller du nuage sur lequel nous sommes et atterrir sur celui-là, juste en dessous. Je vous montre. »

Et Gabriel se met à battre des ailes, s'élève au-dessus de ses élèves, vole un instant et atterrit avec la légèreté d'une plume sur le nuage en contrebas.

« À vous maintenant », leur crie-t-il.

Euriel, qui est l'ange le plus casse-cou de la classe, s'élance en premier. Il bat si fort des ailes qu'il décolle d'un coup et fonce tout droit sur le nuage de Gabriel. Il prend tellement de vitesse que Gabriel doit ouvrir ses ailes pour l'arrêter.

« Holà ! Doucement, jeune homme. Il me semble que vous vous êtes lancé dans ce vol avec un peu trop d'enthousiasme. »

C'est au tour de Gaël de se lancer. Mais il a peur !
« Je ne peux pas, Gabriel, j'ai le vertige…
– Un peu de courage, mon petit.
Surtout ne regardez pas en bas, et tout ira bien ! »
Gaël prend donc son courage à deux ailes, décolle, et commence à voler vers l'archange.
Mais, au milieu de sa course, il regarde en bas et voit les maisons toutes petites et les hommes pas plus grands que des fourmis. Il panique et arrête de battre des ailes.
Gabriel a juste le temps de l'attraper par les cheveux avant qu'il ne tombe dans le vide.
« Je sais ce que nous allons faire : Euriel et Gaël, vous allez voler ensemble.
Ainsi, Euriel sera freiné dans ses élans par Gaël
et Gaël trouvera avec Euriel le courage qui lui fait défaut. »
Et c'est ainsi que Gaël et Euriel se tiennent par la main pour leur premier vol commun. Euriel bat si fort des ailes qu'il décolle en entraînant Gaël.
Mais comme Gaël a toujours un peu peur, il ralentit Euriel dans son vol, ce qui fait qu'ils volent ensemble à une vitesse tout à fait raisonnable.
Ils atterrissent en même temps sur le nuage de l'archange, qui les applaudit et les félicite chaleureusement :
« Ça y est, mes grands, vous savez maintenant voler de vos propres ailes ! »

8 décembre

Un curieux calendrier

Ce matin, la maison est réveillée par un rugissement : « Qui a ENCORE ouvert mon calendrier de l'Avent ? »

En entendant ce cri, papa, maman et Nicolas, tous en pyjamas, se précipitent dans la chambre de Justine.

« Justine, tu exagères, dit papa d'une voix ensommeillée. Tu nous as déjà fait le coup hier ! Voyons, personne n'a touché à ton calendrier : nous dormions tous à poings fermés ! »

Justine est très fâchée : « Mais regardez ! Hier, j'avais trouvé trois fenêtres ouvertes en avance : la 14, la 17 et la 22.

Ce matin, c'est la 24, la dernière et la plus belle ! C'est malin, je n'aurai pas la surprise le jour de Noël ! »
Toute la famille se penche sur le calendrier.
Justine dit vrai : la grande fenêtre est ouverte, ses deux volets sont dépliés !
À l'intérieur, il y a une magnifique image et un morceau de chocolat doré…
Qui a fait ce mauvais coup, sans même chiper le chocolat ?
« Écoute, Justine, dit Nicolas le grand frère.
La nuit prochaine, je dors dans ta chambre.
On montera la garde à tour de rôle. Si le coupable revient… gare à lui ! »
Le soir venu, Nicolas s'installe chez sa petite sœur.
Il a apporté son matelas, son oreiller, un parapluie et un piège à souris.
Il place le piège sous le calendrier, là où le coupable posera ses pieds : il sera bien attrapé ! Le parapluie servira d'arme, au cas où…

Une longue nuit commence pour le frère et la sœur.

À minuit, le coupable n'a toujours pas montré le bout de son nez…

Soudain, la petite fille entend un bruit discret, comme un frottement de papier, venant du calendrier. Frr ! la case 16 s'est ouverte toute seule.
Mais, se sentant observée, elle s'est aussitôt refermée !
Justine bondit sur son calendrier, en évitant soigneusement le piège à souris.
« Chipie de calendrier ! Alors c'est toi qui ouvres tes fenêtres tout seul, mal élevé ? »
Le calendrier tremble de toutes ses fenêtres ouvertes :
« Pardon, pardon… C'est que… J'étais curieux… J'avais envie de, de… voir à quoi je ressemblais ! Il y a une glace sur le mur d'en face… Je voulais m'y regarder…
– Et moi, tu crois que je ne suis pas curieuse ? gronde Justine en secouant le calendrier comme un prunier. Tu crois que je n'ai pas envie d'ouvrir toutes tes fenêtres d'un coup ? Mais j'attends, moi, môssieur !
Sans la patience, il n'y a plus de surprises et, sans surprises, on s'ennuie dans la vie ! Compris ? »

Le calendrier n'ose plus risquer un mot.

Est-ce qu'il a vraiment compris ?
Pour le vérifier,
Justine devra attendre
la prochaine nuit…

9 décembre

Des rennes trop gourmands !

Le grand départ du père Noël est annoncé. Celui-ci, qui n'en est pas à sa première tournée, est encore en tenue décontractée. Il repasse tranquillement son costume en sifflotant. Pour les jouets, il ne s'en fait pas, les lutins sont toujours là. À l'atelier, c'est encore la panique, bien sûr : des voitures ont fait une course, leurs peintures sont tout abîmées et deux soldats se sont battus pour une jolie poupée, il faut rattacher un bras et recoudre un pied. Mais c'est ainsi chaque année. Quant aux rennes, ils sont super-costauds grâce au régime des champions : pas un gramme de chocolat, des épinards à chaque repas. Le père Noël en est très fier. Mais ce soir, à l'écurie, c'est la révolution ! Les lutins ont oublié de servir le dîner et les rennes sont affamés. Ils organisent alors une grande expédition. Puisque c'est comme ça, ils vont mettre le nez dans le placard à chocolats ! Ils reviennent bientôt, les pattes chargées de jolies boîtes.

« Mumm… ! Ces chocolats sont délicieux, se disent-ils. Ils ont un goût vraiment particulier. »
Et pour cause, ils sont alcoolisés ! Les rennes trop gourmands n'en font qu'une bouchée. Puis ils s'affalent sur la paille, bien rassasiés.
L'alcool commence à faire son effet… L'un d'entre eux entonne une chanson de Céline Dion et tous reprennent en chœur le refrain en bramant à tue-tête et en dansant la valse. Mais un renne glisse et s'étale.
C'est la grande rigolade générale.
Un lutin qui passait par là en reste bouche bée.
Il court chercher le père Noël, qui, dans la précipitation, en oublie d'enfiler son pantalon.
« Hi, hi ! Notre maître est en caleçon ! s'esclaffe un renne.
– Et la maîtresse en maillot de bain ! » lance un autre.
Les rennes rigolent à en pleurer, ils se tapent sur les cuisses et ne peuvent plus respirer. Le père Noël est abasourdi :
« Secouez-vous, nom d'un petit lutin !
Vous n'êtes pas en état de conduire ! »
Mais un immense ronflement s'élève du fond de l'écurie.

Les huit rennes se sont soudain endormis.

Le père Noël a beau crier de sa grosse voix et le lutin s'époumoner dans sa trompette, rien n'y fait.

Ils sont partis pour ronfler toute la nuit. « C'est une catastrophe, soupire le lutin, il faudrait un troupeau d'éléphants pour les remplacer. »

Le père Noël réfléchit : « Plus fort qu'un troupeau d'éléphants…

– Je sais bien, dit le lutin, ça n'existe pas…

– Et qui sache voler plus vite qu'une fusée…

– Je sais bien, père Noël, on ne trouvera jamais…

– Avec une cape et un costume bien taillé… »

« Décidément, il n'y a pas que les rennes qui ont abusé des chocolats », pense le lutin.

« Mais bien sûr ! C'est Superman qu'il nous faut !

– Superman, ah bon ? Vous le connaissez ? »

Un petit coup de fil et le tour est joué.

Superman remplace les rennes au pied levé pour une tournée que le père Noël n'oubliera pas de sitôt !

10 décembre

Le réveillon d'été

Chaque année, en plein mois de juin, le soir du 21, une étrange réunion se déroule dans les fermes, les basses-cours, les forêts et les étables d'Europe. Cette réunion, c'est celle des animaux et de toutes les créatures féeriques qui voudraient bien fêter Noël mais qui n'y parviennent pas, chaque année, parce qu'ils sont trop occupés. Pour nous, le réveillon est une vraie fête ; mais pour tous ceux qui doivent participer au repas, au transport, aux cadeaux, c'est la nuit la plus fatigante de l'année…Alors, six mois après, en plein solstice d'été, pour la nuit la plus courte de toute l'année, ils fêtent Noël à l'envers.

À Noël, ils nous régaleront, mais ce soir de juin, autour de la table, les truffes au chocolat, les élégantes papillotes et les caramels mous ont composé leur menu préféré. Ils se gavent de confiseries, ils en reprennent trois fois et se pourlèchent les doigts. Et les clémentines ne restent pas, cette nuit, serrées dans des chaussons : elles dansent le french cancan avec les marrons !

Derrière la table, l'âne et le bœuf de la crèche, assis l'un à côté de l'autre, discutent et se racontent des blagues : dans la crèche, cet hiver, ils devront seulement se taire et souffler, souffler sur le nouveau-né ; ils profitent du faux Noël pour se donner des nouvelles.

Les lutins et les korrigans, allongés sur la mousse, goûtent la douceur de l'air, les pieds en éventail : cette nuit, pas de travail ! Pas de jouets à clouer, visser, tailler, sculpter. De temps en temps, un ange passe au-dessus d'eux, un autre le croise et volette dans l'autre sens, et un troisième fait des piqués et des loopings. Ils braillent ensemble, en chantant faux, du jazz, du tango ou des refrains rigolos : enfin, autre chose que les cantiques qu'ils entonnent pendant le réveillon, rangés en rang d'oignons.

Souvent, au cœur de la nuit, les uns ou les autres rennes de Noël viennent rejoindre la joyeuse assemblée. Ils arrivent du pôle Nord, ils sont un peu fatigués, mais quand ils atterrissent, ils lancent dans un grand cri : « Salut la compagnie ! »
Et ils actionnent des énormes klaxons.
Tout le monde sursaute, et les rennes s'esclaffent…
Pas besoin d'être silencieux, pour une fois !
Pas besoin de marcher à sabots de loup, pour que les enfants n'entendent pas le traîneau !
Il paraît même qu'une fois, le père Noël est venu à un de ces réveillons de Noël inversé. Il avait un costume tout à fait normal, sans fourrure, et s'était rasé la barbe pour qu'on ne le reconnaisse pas.
Et à minuit, il a escaladé le toit et s'est mis à danser à cloche-pied sur la cheminée, en jonglant avec deux ou trois paquets, sans les faire tomber…
Sans doute rêvait-il depuis toujours de faire ce tour !

Les reines mages

Tout le monde connaît l'histoire des rois mages. Ils virent une étoile se lever et la suivirent jusqu'à l'étable où Jésus était né. Puis ils se prosternèrent devant lui pour offrir de l'or, de la myrrhe et de l'encens. Vous la connaissez sûrement. Eh bien, mon papi la raconte autrement. Ce soir-là, Gaspard, Melchior et Balthazar se sont donné rendez-vous aux portes du désert pour le grand départ.

Mais Gaspard est tellement pressé qu'il trébuche et son lourd télescope lui tombe sur le pied. Le pauvre ne peut plus marcher. Il demande donc à sa femme de le remplacer.

Mais l'épouse est bien étonnée : arrivée au point de départ, pas de Melchior, ni de Balthazar. Le premier a mangé trop de loukoums au dîner et le second a une migraine carabinée. Leurs femmes les ont eux aussi remplacés. Gaspa, Melchia et Baltha, les trois reines mages, se mettent alors en route. Guidées par l'étoile, elles marchent d'un bon pas quand des voleurs surgissent soudain pour les encercler.

« Donnez-nous vos trésors ! » crient-ils.

Heureusement, Gaspa est passionnée d'arts martiaux, ceinture noire de karaté, championne de taekwondo.

« On ne va tout de même pas perdre notre temps avec ces malotrus alors que Jésus est né. Non, j'ai une meilleure idée ! »

Une prise de judo et trois cris de kung-fu plus tard, les voleurs sont à terre, immobilisés. Mais, au loin, d'autres voleurs arrivent déjà, et avec, de nouveaux ennuis. Heureusement, Baltha est là. Son passe-temps préféré est de tricoter des tapis volants. Elle en fait des petits, des moyens, des grands…

« On ne va tout de même pas passer la soirée à se battre. Non, j'ai une meilleure idée. »

Elle sort de son sac son dernier modèle de tapis, qui s'envole sitôt les reines installées. Mais le tapis est tricoté en laine de lama sauvage, ce qui le rend très indiscipliné. Il décide de prendre des vacances et atterrit sur une île déserte.

Les trois reines se retrouvent perdues au milieu de l'océan. L'étoile a disparu et la mission semble complètement fichue. Heureusement, Melchia est du voyage. La troisième reine adore bricoler. Elle est très douée pour démonter les machines et les améliorer.

« On ne va tout de même pas perdre notre temps à se faire bronzer sur la plage. Non, j'ai une meilleure idée. »

Elle court chercher du bois pour construire un radeau. Puis elle se met à bricoler son sèche-cheveux qui se transforme bientôt en moteur de hors-bord. Enfin, elle sort son téléphone portable, qu'elle ne quitte jamais. Avec le GPS, pour se repérer n'importe où sur terre, elle localise vite fait l'étoile et les trois reines partent à toute vitesse sur le radeau de course. Quand elles arrivent enfin à Bethléem, elles se précipitent sur le nouveau-né et l'accueillent en le couvrant de caresses, de baisers et de tendresse.

Mon papi a sûrement beaucoup d'imagination, mais, moi, je préfère sa version.

12 décembre

L'école des anges II

« Re-bonjour, les enfants, dit l'archange Gabriel. Nous allons passer à notre deuxième leçon, maintenant que vous savez tous, à peu près, voler de vos propres ailes. Aujourd'hui, je vais vous apprendre à apparaître aux hommes. Commençons, si vous le voulez bien, par des travaux pratiques : Gaël, vous ferez l'humain et Euriel devra vous rendre une petite visite ! »

Gaël s'installe donc sur une chaise et attend. Soudain, l'ange Euriel lui apparaît et se plante devant lui.

« Aaaaah, hurle Gaël. Tu m'as fait une de ces peurs. Mes ailes en tremblent !

– Non, non, les enfants, cela ne va pas du tout, je suis désolé ! dit le professeur. Il faut arriver discrètement, sans effaroucher celui à qui vous apportez une nouvelle, sans lui provoquer de crise cardiaque.

Allez, courage, recommencez ! »
Gaël se réinstalle sur sa chaise. Il entend la voix d'Euriel qui vient de très loin.
« Euriel, où êtes-vous ? demande l'archange. On ne vous voit pas !
– Là-haut, je suis là-haut », répond Euriel qui s'est assis sur un nuage à plusieurs mètres de là.
« Enfin, vous êtes beaucoup trop loin, ça ne va pas du tout.
– Mais je ne veux plus lui faire peur, alors je m'éloigne !
– Mais là, vous êtes si loin que vous en devenez invisible ! Allez, rapprochez-vous, mon petit ! »
Euriel s'approche à pas de loup et, d'un mouvement d'aile, il effleure le cou de Gaël qui est toujours assis sur la chaise.
« Ça chatouille, ça chatouille, hi, hi, hi », rit Gaël.
Et tous les anges rient avec lui.
« Ça ne va pas non plus ! dit le professeur.
L'apparition est une affaire sérieuse, les enfants, qui demande de la concentration.
Allez, encore un petit effort, nous y sommes presque… »
Gaël se rassoit. Euriel se demande comment il va s'y prendre.
« Monsieur, on a droit aux accessoires ? demande-t-il.
– Il faut voir, s'ils sont utilisés à bon escient, c'est possible. »

Euriel va donc chercher sa trompette. Et il souffle
dedans de toutes ses forces avant d'apparaître.
Tous les anges se bouchent les oreilles.
« Aïe, aïe, aïe, Euriel, vous y allez un peu fort, mon enfant.
Je ne crois pas que l'usage de votre trompette soit une si
bonne idée…
– Ben, je voulais prévenir de mon arrivée, dit Euriel, tout penaud.
– Je crois qu'il vaut mieux s'en tenir à une petite apparition banale,
ce sera plus simple. Courage, mon garçon ! »
Euriel en a assez. Quatre apparitions ratées, cela fait beaucoup
pour un seul ange !
Il décide donc de tenter sa chance une dernière fois, sans trop réfléchir.
Il descend lentement d'un nuage, s'enrobe d'un halo de lumière
et se met à parler doucement.

« Très bien, très bien, applaudit l'archange.
C'est tout à fait ce qu'il faut faire.
Voilà une apparition très réussie. Bravo !
À vous tous maintenant ! »
Et tous les anges s'entraînent à apparaître
aussi bien qu'Euriel l'a fait.

13 décembre

La méga teuf des ingrédients

« Hé, poussez pas derrière, on est fragiles ! » gémit la pile des verres. Un saladier est en train de bousculer tout le monde pour sortir du placard…
« X'cusez, je suis pressé, répond le saladier. C'est la fête dans la cuisine, on prépare le gâteau de Noël. On m'attend pour faire les mélanges ! »
Le saladier rejoint les ingrédients attroupés sur la table : les œufs, le sucre, les oranges, le chocolat… Quelles retrouvailles ! La cuillère en bois embrasse le fouet, le bâton de cannelle demande à la vanille des nouvelles de sa famille.
Le livre de recettes, qui est le commandant des opérations, s'est perché sur l'évier :
« Hum… Vous êtes prêts ?
– À vos ordres, chef ! répondent les ingrédients.
– Bon. Radio, mets-nous une musique dynamique ! »
Une chanson endiablée remplit alors la cuisine.

Les casseroles se dandinent et le livre de recettes déclare la fête ouverte :
« À vous les œufs ! Jaunes, blancs, séparez-vous !
– Aïe ! Ouille ! » font gaiement les jaunes en se fracassant dans le saladier.
La cuillère vient les mélanger.
Ces chatouilleux explosent de rire : « Hi, hi, hi ! Ça fait guili ! »
Tandis que le chocolat mijote dans sa casserole, le sucre saute
dans le saladier pour danser et tournoyer avec les œufs.
« Oranges, à votre tour ! ordonne le livre. Mais… où êtes-vous ? »
Deux voix ravies montent de la casserole de chocolat :
« Ici ! On a trouvé une super-baignoire ! »
Le livre, fâché, commande
à la louche de repêcher ces gourmandes.
« Si on ne peut même pas s'amuser…
dit la première orange, vexée.

Viens, p'tite sœur. On va se sécher au radiateur. »
Et les deux flemmardes roulent en riant sur le carrelage bleu et blanc, laissant derrière elles une belle trace chocolatée…
« Bon, continuons, grommelle le livre. Fouet ?
Tu vas battre les blancs d'œufs en neige.
– Pourquoi est-ce que c'est toujours à moi de battre les gens ? râle le fouet. Je ne suis pas méchant, pourtant !
À Noël, j'ai le droit d'être gentil comme tout le monde !
– Pas d'histoires, fouet au grand cœur, on ne t'en voudra pas ! disent les blancs d'œufs en le remerciant. Que veux-tu, c'est la loi : sans œufs fouettés, le gâteau serait raté !
– Bon, d'accord. Ce qui compte dans la vie, c'est qu'on reste tous bons amis, sourit le fouet en commençant son travail.
– Ça alors, s'exclame le four, épaté. De toute ma vie, je n'ai jamais vu une aussi bonne ambiance parmi les ingrédients d'une recette de Noël.
Ce sera sûrement le meilleur gâteau du monde.
Vous avez fini de vous mélanger, les amis ?
Venez par ici : je suis tout chaud, prêt à dorer à point ce gâteau exceptionnel ! »

14 décembre

Les J.O. des pères Noël

Chaque année, quand les ateliers ont été nettoyés et que les lutins sont partis en congés payés, les pères Noël du monde entier disent qu'ils prennent des vacances, mais, en fait, ils se retrouvent au pôle Nord, dans un lieu tenu absolument secret.

Alors, peuvent commencer leurs jeux Olympiques…

Imaginez, sur la banquise, des dizaines de pères Noël qui s'affrontent. Bien sûr, ce n'est pas très pratique pour les reconnaître, puisqu'ils ont tous la même tenue rouge et le même bonnet pointu à pompon !

Leurs épreuves sont également un peu spéciales : il faut faire voler un traîneau sans que personne n'entende les grelots ; ou bien, il faut trouver dans une hotte, les yeux bandés, le train électrique pour le petit Éric, de Jamaïque.
Cette année, les arbitres ont même ajouté des difficultés :
comment reconnaître deux jeux vidéo enveloppés, sans ouvrir les paquets ?
Comment glisser une cage à lapins dans un chausson pointure 21 ?
Et comment entrer dans un immeuble qui n'a pas de cheminée ? Évidemment, chacun a sa spécialité…
Les pères Noël d'Australie et d'Argentine sont les éternels médaillés des courses de traîneaux sur le sable : chez eux, Noël survient en plein été.
Celui de New York peut descendre plus de trois cents étages dans un conduit, sans se coincer, depuis le sommet des gratte-ciel.
L'Indien et le Chinois arrivent à tasser un milliard de paquets dans leurs hottes.
Le père Noël d'Amazonie est le champion de la course d'orientation.

Mais, aux yeux de tous, il y a une épreuve plus importante que celles-là :
c'est le concours de la Liste d'or. Le vainqueur de cette compétition sera un héros.
Mais, pour gagner, il faut reconnaître, du premier coup d'œil, les lettres des enfants méritants et celles des sacripants. Le champion doit deviner, rien qu'en les lisant, si les lettres des enfants sont celles de vrais anges ou de terribles diables…
Et il faut un sacré talent pour distinguer ceux qui racontent la vérité et ceux qui ne méritent rien dans leurs chaussons !
Eh bien, mes amis, j'ai une mauvaise nouvelle à vous annoncer.
Une très, très mauvaise nouvelle…
Cette année, celui qui a remporté la médaille d'or de la Liste d'or, c'est… le Français.
Oui, vous avez bien lu, c'est le nôtre, notre père Noël.
Alors, si vous lui écrivez et si vous vous apprêtez à lui raconter des calembredaines sur vos bêtises de cette année, faites très attention…
Réfléchissez : est-ce que vous pensez pouvoir battre un champion olympique ?

15 décembre

Le Sapin chatouilleux

Dans la forêt, il y avait un jeune sapin extrêmement chatouilleux. Les oiseaux ne pouvaient pas se poser sur ses branches ; les écureuils ne pouvaient pas cueillir ses pommes de pin… Car, alors, l'arbre se mettait à frissonner, à gigoter et à glousser ; il agitait ses branches en tous sens : « Arrêtez, vous me chatouillez… »
Et les écureuils et les moineaux se retrouvaient les quatre fers en l'air, et le nez dans la terre !
Un jour de décembre, des bûcherons arrivèrent. Ils se crachèrent dans les mains, et se mirent à scier, scier… Une fois, pendant qu'ils coupaient un des arbres, ils entendirent un drôle de gloussement : « Hi hi hi… Arrêtez, vous me chatouillez… »
Ils se grattèrent la tête et se dirent qu'ils avaient rêvé. Et ils terminèrent leur travail.

À la ville, un homme acheta le jeune sapin, le ramena chez lui et ses deux garçons se mirent à le décorer.

Mais chaque fois qu'ils accrochaient une boule quelque part, une guirlande glissait ailleurs. On aurait dit que les branches ne supportaient pas le contact des bougies et des étoiles de papier ! Elles les projetaient en l'air, ou par terre…

Au bout de deux heures, les garçons n'avaient toujours pas réussi à installer la moindre décoration.

« Hi hi hi », fit le sapin chatouilleux. « Arrête de te moquer de moi », cria le plus grand des garçons au plus jeune.

« C'est toi qui as rigolé », protesta ce dernier.

Ils se disputèrent un moment.

Puis ils réessayèrent de décorer le sapin.

De nouveau, les boules volèrent et les guirlandes tombèrent ! Le petit arbre était désolé, mais il ne pouvait résister…

Finalement, l'aîné des enfants dit : « Tant pis, plaçons ce sapin capricieux comme ça, sans décorations, près de la cheminée... »
Or, pendant la nuit, l'arbre, qui était chatouilleux mais gentil, poussa tant sur ses branches que des pommes de pin mûrirent, aussi grosses et dorées que des boules de Noël. Il tendit si bien ses épines par la fenêtre qu'il réussit à recueillir un peu de neige, et les flocons lui firent comme des guirlandes de givre... Des lucioles qui dormaient dans la cheminée, intriguées, vinrent tourner autour de lui, pour le voir si joli ; et les insectes se mirent à luire d'admiration !
Le sapin leur glissa : « Hi hi hi ! Surtout, ne me touchez pas ! »
Il était maintenant tellement scintillant qu'une petite étoile se laissa glisser du ciel, par la fenêtre, pour descendre frôler son sommet.

Au matin, le plus chatouilleux des sapins de Noël, les lucioles qui tournoyaient et l'étoile qui voletait au-dessus étaient prêts, et tous, ils attendaient les cadeaux qu'on mettrait à leurs pieds...

16 décembre

Des cadeaux surprenants

« Ah, heu, hi, ho, hu, gémit un lutin. Ça chatouiiiille !
– Ah, heu, hi, ho, hu, s'égosille un autre. Ça gratouille ! »
Le père Noël ouvre grande la porte de l'atelier des lutins :
« Mais qu'est-ce que vous avez sur le visage ?
Quelle mouche vous a piqués ? ! »
Les lutins ont le corps couvert de confettis roses :
ils ont la varicelle ! À quelques jours de Noël, quelle malchance !
Et qui va fabriquer les jouets pour les enfants ?
Le père Noël est très embêté, il se gratte la tête.
Il s'installe à sa table et commence à écrire.

Avis à tous les enfants :

Mes chers petits lutins ont la varicelle.
Je n'ai donc plus personne pour fabriquer mes jouets.
Alors, je viens d'avoir une idée. C'est vous, les enfants,
qui fabriquerez cette année les cadeaux. Vous me les enverrez.
À moi ensuite de les redistribuer aux enfants
du monde entier
Des kilos de baisers !

Le père Noël

Le lendemain matin, aux quatre coins des cinq continents, les enfants se réveillent. Ils trouvent sur leurs fenêtres la lettre du père Noël. Aussitôt, ils se mettent au travail. Les enfants des îles bricolent des cannes à pêche pour attraper les coquillages. Les enfants des montagnes fabriquent des luges à pédales qui remontent les pentes.

Les enfants des villes confectionnent des voitures qui roulent à l'essence de rose.

Et plein d'autres choses rigolotes, mais ce serait trop long à énumérer.

Lorsqu'il reçoit tous ces jouets étranges venus d'ailleurs, le père Noël danse la polka dans la neige. « Ouf, je suis sauvé ! dit-il aux lutins alités. Les cadeaux sont là, je vais enfin pouvoir commencer ma tournée ! » Il mélange alors tous les jouets dans la hotte, mélange et remélange. Comme ça, pas de risque que les enfants reçoivent les jouets qu'ils ont eux-mêmes fabriqués ! Le matin de Noël, les enfants se précipitent au pied du sapin ou du palmier décorés. Quelle surprise ! Les enfants des îles découvrent les cadeaux des enfants des villes, les enfants des montagnes s'émerveillent devant les jouets des enfants de la campagne.

Et pour la première fois, on voit des enfants des îles glisser sur les vagues avec des luges à remonter les pentes !

Et des enfants des montagnes chercher
des coquillages avec leurs cannes à pêche !

Devant ce spectacle, le père Noël se frotte
les mains près de son feu de cheminée :
« Pour un Noël réussi, c'est un Noël réussi ! s'exclame le père Noël.
– Réussi ? ! » grimacent déçus les lutins dans leurs bols de bouillon.
Heureusement, l'année prochaine, tout rentrera dans l'ordre.
Les lutins seront rétablis. La varicelle, on ne l'attrape
qu'une seule fois dans sa vie !

Le voleur de carottes

« Ah non, ça ne peut plus durer ! »
Pierrot est furieux. Il y a trois jours, il a façonné dans le jardin un gros bonhomme de neige, avec deux cailloux pour les yeux et une carotte pour le nez. Mais, chaque matin, quand il sort, la carotte a disparu… Il doit la remplacer.
« Vraiment, ça ne peut plus durer ! »
Pierrot se dit que c'est sûrement un animal nocturne qui vient le cambrioler : un lapin, un blaireau, un castor géant peut-être…

Dans la nuit, quand tout le monde est couché, Pierrot se glisse dans le salon obscur. Il se poste devant la fenêtre, le regard fixé sur le nez-carotte… Et il attend. Tout d'un coup, Pierrot ouvre une bouche stupéfaite et se frotte les yeux : le bonhomme se met à se dandiner ! Il a glissé une de ses mains de neige dans une poche de neige : voilà qu'il en extrait un super-canif-qui-peut-tout-faire ; il sort trois lames, l'éplucheur, la râpe et la fourchette. Puis, de l'autre main, le bonhomme retire son nez-carotte et, en deux secondes, le voilà épluché, râpé et… avalé !

Pierrot, furieux, se précipite dehors : « Ah ah, c'est donc toi le coupable ! Tu manges ton propre nez, sale goinfre ! Espèce de cannibale ! »

Mais le bonhomme, très calme, répond : « Ben oui, j'adore les carottes râpées. Imagine que tu aies ton plat préféré à la place du nez, avec son odeur qui vient te chatouiller. Tu crois que tu pourrais résister, mon coco ? » Pierrot se gratte la tête. Il n'avait pas pensé à ça.

« Et si je remplaçais la carotte par un concombre ? demande-t-il.

– J'en raffole, répond le bonhomme.

– Et par un saucisson ?

– Miam, miam, miam !

– Et par une courgette ? »

Hélas, le bonhomme adore tout manger ! La seule chose qu'il déteste, c'est la cervelle d'agneau, mais ce n'est pas possible de lui mettre une cervelle à la place du nez.

« Écoute, conclut Pierrot. Je ne vois qu'une solution. Si je te prépare à manger, tu laisseras ton nez intact ?

– Promis », jure le bonhomme de neige.

Le soir suivant, Pierrot glisse dehors une assiette de carottes râpées.

Le matin, le plat est vide… et le bonhomme a gardé son nez. Et ainsi, tous les soirs, le garçon prépare pour son bonhomme son repas préféré.

La veille de Noël, Pierrot ajoute sous un buisson enneigé un peu de dinde farcie.

Au matin, Pierrot oublie pour une fois d'aller saluer son bonhomme. Il se précipite, au pied du sapin. Une montagne de cadeaux l'attend. Et devinez ce qu'il y a dans le dernier paquet… Un super-canif-qui-peut-tout-faire ! Pierrot sourit, il regarde à travers la fenêtre pour remercier le bonhomme… mais il reste bouche bée : dehors, ce goinfre est en train de s'empiffrer ! Il a volé la bûche au praliné !

18 décembre

Les enfants Noël

Le père Noël a trois enfants : Joyeux, le plus grand, Vivement, le petit frère, et Cad'Aude, la dernière.
« Soyez sages », leur dit-il chaque année lorsqu'il part faire sa tournée.
Mais en voyant le traîneau s'éloigner, Joyeux se met à bougonner :
« Ce n'est pas juste ! On est assez grands pour distribuer les cadeaux avec lui.
– Tant pis, dit Vivement, on part tout seuls. »
Ils remplissent vite un sac de jouets et c'est parti.
Les trois enfants quittent le chalet en pleine nuit pour s'enfoncer dans la forêt. Ils marchent longtemps et vont très loin.
Quand soudain, Joyeux se met à crier : « Regardez ! De la lumière ! »
Tout contents, les enfants courent frapper à la porte de la maison éclairée.
Mais la dame qui leur ouvre n'a pas l'air rassurée.
« Fuyez ! leur dit-elle.
Vous êtes dans la maison d'un ogre qui dévore les enfants et n'en fait qu'une bouchée.

– Ah non, pas question ! » dit Joyeux.
Têtu comme son père, il ne partira pas
tant qu'il n'aura pas donné tous ses jouets.
Et ce n'est pas un ogre qui va l'en empêcher.
« Où est le sapin ? demande-t-il.
– Le sapin ? Quel sapin ? répond la dame étonnée.
– Le sapin de Noël, pour déposer les jouets.
Le père Noël, vous connaissez ? »
La femme de l'ogre n'y comprend rien :
« Le père Joël ? Jamais entendu parler !
– Vous ne fêtez pas Noël ? ! s'exclame Vivement.
– Mais vous débarquez de quelle planète ? »
dit la petite Cad'aude en levant les yeux au ciel.

Ils se mettent alors tous les trois à gesticuler pour lui expliquer.
Enfin, elle commence à comprendre
et se laisse séduire par l'idée
du réveillon. Les trois bambins se relèvent
les manches sans tarder, il faut tout organiser.

La petite Cad'Aude donne des conseils pour la décoration.
Joyeux s'en va couper un grand sapin, et Vivement, gourmand comme son papa, file à la cuisine préparer un délicieux repas et les truffes en chocolat.
De retour à la maison, l'ogre est stupéfait. Il n'a jamais fêté Noël et ne sait pas ce que c'est. Quelle bonne odeur ! Quelles charmantes couleurs… et sa femme !
Elle est pimpante et maquillée, jolie comme une fleur !
Une belle table est dressée, un feu brûle dans la cheminée, et là, sous un magnifique sapin décoré… C'est une montagne de cadeaux !
C'en est trop, l'ogre sort son mouchoir et éponge une grosse larme.
Les enfants lui sautent au cou pour l'embrasser, puis, l'ogre apprend à ouvrir délicatement les paquets. Les nouveaux amis jouent au train électrique, aux petits chevaux, et s'amusent comme des fous toute la nuit.
À l'heure de se quitter, les trois petits promettent de revenir jouer souvent et de lui préparer d'autres mets succulents.
L'ogre est drôlement content.
Quelle idée de vouloir manger les enfants !

Méli-Mélo dans les cadeaux

Panique à bord ! Le père Noël est devenu blanc de peur. Ah, il s'était cru malin d'acheter un ordinateur ! Il s'était dit : « Grâce à cela, les millions de commandes des enfants du monde seront enregistrées automatiquement. Moi, je n'aurai qu'à faire la distribution. »
Mais l'ordinateur a tout mélangé !
De grands garçons se retrouvent avec des commandes de poupées.
Des enfants du désert africain veulent des gants de ski. La liste est en-tiè-re-ment fausse !
Et Noël, c'est ce soir !
Le pauvre père Noël saute sur son téléphone et appelle Logicielle. C'est une gracieuse petite fée très douée pour parler aux ordinateurs.

Le père Noël lui avoue la catastrophe en bégayant et la voilà qui apparaît aussitôt devant l'écran.

« Ah là là, père Noël ! Tu as dû faire une fausse manipulation avec les formules de l'ordinateur. Il me faut quelques heures pour dénicher l'erreur.

– Mais No… Noël, c'est ce soir !

– Pas de panique. Je vais appeler ma cousine, la fée Maléfique. Elle est affreusement méchante toute l'année, sauf à Noël : c'est son jour de bonté. Profitons-en, j'ai une idée ! »

Et Logicielle s'empare du téléphone.

« Allô, Maléfique ? Cousine, j'ai besoin d'un service. Tu te rappelles le tour que tu as joué au château de la Belle au Bois Dormant, lorsque tu as plongé ses habitants dans un sommeil de cent ans ?

– Quelle question, Logicielle ! Je suis très fière de ce coup-là. Il m'a rendue célèbre dans le monde entier !

– Eh bien, Maléfique ! J'aimerais que tu endormes toute la planète. Mais attention, juste quatre heures d'affilée, le temps que je répare l'ordinateur du père Noël. Tu veux bien ?

– Ça, c'est une chance ! Justement, depuis quelques minutes, je me sentais douce et aimable. Pour une fois que je peux jouer un rôle gentil… En plus, endormir toute la planète, c'est un sacré coup ! C'est beaucoup plus glorieux que d'endormir un petit château de rien du tout ! »

Et Maléfique se met à survoler gaiement la terre pour remplir sa mission. Les horloges s'arrêtent dans les maisons, parents et enfants dorment profondément… Pendant ce temps, Logicielle travaille dur : le père Noël a vraiment fait une grosse bêtise !

Enfin, tout est désembrouillé. Il était temps…

« Vite, père Noël ! Voilà la bonne liste. File : tout le monde se réveille dans dix minutes ! Un conseil : fais-toi aider par les cloches de Pâques pour distribuer les cadeaux plus vite, elles sauront bien descendre dans les cheminées. »

Le père Noël fonce comme un dératé, suivi des cloches qui tintinnabulent sur son traîneau, tout excitées par cette sortie imprévue. Les enfants vont entendre au-dessus de leurs maisons des drôles de sonneries pour la saison…

20 décembre

L'école des anges III

« Mes enfants, dit l'archange Gabriel, professeur principal de la classe des anges, c'est aujourd'hui notre dernière leçon. Je vais vous apprendre à sonner de la trompette. Ainsi, vous serez de parfaits angelots. Voici donc vingt trompettes, choisissez celle qui vous convient, nous graverons votre nom dessus. »

Chaque ange prend une trompette.

« Non, Gaël, ne prenez pas celle-là, vous voyez bien qu'elle est trop grande et trop lourde pour vous. On dirait un tuba ! Prenez plutôt celle-ci ! Bon, maintenant que chacun d'entre vous a une trompette en main, je vais vous montrer comment vous en servir : tout d'abord, on place la trompette sur le bord des lèvres. Ensuite, on prend une grande inspiration et on souffle dedans. »

Les anges soufflent en chœur.

Cela fait un énorme POUEEETT qu'on entend à l'autre bout du ciel.

« Enfin, ce n'est pas possible !
Quel son affreux ! Je n'ai jamais entendu quelque chose de semblable !
Aucun d'entre vous n'est musicien, c'est insensé !
– Si, moi, je joue du piano, répond un ange.
– Et moi de la guitare électrique, dit un autre.
– Et moi de la batterie », réplique un troisième.
L'archange Gabriel perd son calme : « Vous avez déjà vu un ange avec un piano ?
Et pourquoi pas des maracas, tant qu'on y est ! L'instrument de musique de l'ange, c'est la trompette, c'est comme ça ! Nous n'allons pas faire un orchestre non plus ! »
Mais il se ressaisit bien vite et reprend calmement :
« Vous allez tous apprendre à jouer de la trompette et vous jouerez de votre instrument pendant vos loisirs, d'accord ? »
Les anges reprennent donc leur trompette. Ils soufflent tant et tant qu'à la fin de la journée, ils en ont mal aux joues. Certaines trompettes sont même trempées comme des parapluies, car quelques anges ont un peu postillonné dans leurs instruments.
« Bon, écoutons le résultat, dit l'archange avec appréhension.
À mon signal, soufflez dans vos trompettes. »

Un son mélodieux qui ravit les oreilles de Dieu un peu plus haut dans le ciel sort des instruments…
« Décidément, Gabriel est un excellent professeur. J'ai bien fait de lui confier la direction de l'école des anges. L'année prochaine, il fera encore certainement des merveilles avec les petits nouveaux ! »

21 décembre

Joyeux Noël Magique !

Ce matin, dans la famille des magiciens, le réveil en forme de boule de cristal n'a même pas le temps de sonner que…
« Debout ! crie Merlinpinpin en secouant sa petite sœur Annacadabra et son petit frère Arturlututu.
Debout ! Ce soir, c'est Noël. Dépêchons-nous de préparer notre Noël magique ! »
Immédiatement, les trois petits magiciens attrapent leurs baguettes, leurs chapeaux pointus et dévalent les escaliers.
Annacadabra feuillette son livre de magie pour débutants et s'arrête à la lettre N : « Nabot. Nain. Navet. Nectar. Nigaud… NOËL ! Ça y est, j'ai trouvé !
– Quelle est la formule magique pour faire apparaître le sapin ? trépigne Arturlututu.
– La voilà ! Sapin-pinson-mon-beau-sapin-dans-ma-maison ! » récite Annacadabra en fermant les yeux.

Et… Toc, toc, toc, on frappe à la porte.

« Bonjour ! » s'incline un beau sapin encore couvert de neige. Et le voilà devant la cheminée en train de se réchauffer et de secouer ses aiguilles.

« Vite, la formule magique pour le décorer ! s'écrie Merlinpinpin.

– Guili-guili,
guirlandes dorées,
apparaissez ! »
souffle Annacadabra.

Pschitt ! Des centaines de guirlandes zigzaguent comme autant de petites chenilles colorées et s'agrippent aux branches du sapin qui rouspète :

« Pfiou, c'est lourd ! »

Les parents des petits magiciens, maman Barbichette et papa Sésame, font leur apparition :

« C'est merveilleux ! Vous êtes de vrais petits magiciens ! » dit maman Barbichette. Elle sort alors sa baguette magique.

Gling ! Aussitôt, la forêt brille de mille feux, illuminée de boules de toutes les couleurs, de bougies et d'étoiles.

« C'est magnifique ! s'exclament Merlinpinpin, Annacadabra et Arturlututu.

– Et moi, je vais préparer l'arrivée du père Noël ! » déclare papa Sésame.

Re-gling ! Il transforme le lac de la forêt en un lac gelé.

« Voilà une piste d'atterrissage de rêve pour accueillir le père Noël ! dit-il, ravi. Il n'y a plus qu'à l'attendre. »

À ce moment-là, sous les yeux grands ouverts des enfants, le traîneau du père Noël apparaît dans un reflet de lune et se pose sur la piste verglacée. Les trois enfants lui déroulent un tapis magique jusqu'à la maison.

Pendant ce temps, les chaussettes et les chaussons des magiciens dansent, impatients, devant la cheminée !

« Distribution spéciale de cadeaux magiques pour les enfants magiciens. »

À ce moment-là, plouf, un cadeau jaillit et saute au nez de Merlinpinpin :

« Des baskets de sept lieues ! » crie-t-il.

Annacadabra tend les bras et le joli nœud de son paquet se défait…

« Oh, un carrosse qui même après minuit ne se transforme pas en citrouille ! » s'écrie la petite magicienne.

Enfin, du cadeau d'Arturlututu bondit une paire de patins à glace, magique bien entendu, pour faire des figures à l'envers et filer dans tout l'univers.

Très contents, Merlinpinpin, Annacadabra et Arturlututu partent en courant dans la neige avec leurs cadeaux magiques. Arrivés devant le lac gelé, ils prennent leur élan et… Zouu, ils glissent dans une pluie d'étoiles. Les boules, les bougies allumées et les guirlandes des arbres de la forêt se reflètent sur la glace.

« Joyeux Noël ! dit le père Noël.

– Joyeux Noël magique ! » répond en chœur la famille des magiciens.

22 décembre

Les jouets amoureux

Dans l'atelier du père Noël,
Toto le robot regarde depuis des mois,
avec des yeux pleins d'amour, la belle poupée Poupette,
assise sur l'étagère en face de lui.
Mais, comme il est très timide, sous son écorce de fer,
il n'ose pas lui déclarer sa flamme.
De son côté, la jolie Poupette est elle aussi secrètement
amoureuse du robot qu'elle trouve très séduisant et
très chevaleresque, sous son armure de fer.
Mais pas plus que lui, elle n'ose faire le premier pas.
Ils se regardent souvent et, quand leurs yeux
se rencontrent, ils rougissent tous deux comme
des habits de père Noël.

Un lutin remarque un jour leur petit manège et s'en va trouver le père Noël : « Père Noël, vous savez quoi ? Toto et Poupette sont amoureux !

– Un robot et une poupée, je n'ai jamais vu ça, foi de père Noël. J'ai vu des wagons et des locomotives amoureux, des bols et des tasses de dînette amoureux, des vélos et des trottinettes amoureux, mais un robot et une poupée, c'est une grande première dans l'atelier du père Noël !

– Si, si, je vous assure, ils se dévorent des yeux, mais n'osent rien se dire, car ils sont tous deux très timides. C'est triste ! Il faudrait les aider, qu'en pensez-vous ?

– C'est une excellente idée, et j'ai même un plan : j'ai reçu la liste de Noël, d'un frère et d'une sœur qui veulent l'un un robot, l'autre une poupée. C'est parfait pour nos deux tourtereaux : nous allons les déposer dans la même maison ! »

La veille de Noël, les lutins préparent donc les paquets cadeaux et remplissent les gros sacs du père Noël.

« Le robot et la poupée,
allez hop, dans le même sac,
direction la Normandie ! »

Pendant le trajet sur le traîneau à travers les nuages, Poupette a un peu peur, car il fait tout noir dans la hotte et elle a un peu froid. « Ne vous inquiétez pas, belle poupée, le voyage n'est pas très long et je suis là pour vous protéger », lui murmure Toto pour la rassurer. Et Poupette se sent d'un coup beaucoup mieux. Son vaillant chevalier est à ses côtés !

Le matin de Noël, les enfants ouvrent leurs cadeaux en sautant de joie : « Oh ! une belle poupée ! » crie la petite fille. « Oh ! un super-robot ! » s'exclame le petit garçon. Et quand ils vont prendre leur petit-déjeuner, Toto se rapproche de Poupette et ose enfin lui parler : « C'est merveilleux, nous voilà ensemble pour toujours dans une charmante maison. Désormais, rien ne pourra jamais nous séparer. » Et Poupette et Toto vécurent heureux dans leur petite maison en Normandie.

23 décembre

Le labrador qui voulait être un renne

« Ouarf, ouarf ! » Le labrador Gustaf aboie tristement. Il a sa brave gueule sinistre de décembre ; sa queue pendouille comme une serpillière, et ses oreilles tombent si piteusement qu'on dirait deux vieux chiffons trempés. Et c'est comme cela chaque année ! Depuis sa naissance, Gustaf garde l'enclos des rennes du père Noël, quelque part dans l'immense et glaciale Laponie. Depuis des siècles, il voit son maître atteler ses huit protégés à son traîneau, la veille de Noël… Lui aussi, rien qu'une fois, il aimerait tellement planer au-dessus des toits enneigés ! Il voudrait tant être le premier chien volant à grelots !

Mais cette année, au pôle Nord, décembre ne se déroule pas comme d'habitude. Un midi, par exemple, le père Noël sort dans le froid en simples bras de chemise. Il bougonne : « Personne n'a vu mon gilet en peau ? »
Deux jours plus tard, c'est la mère Noël qui bat les étables : « Où ai-je pu ranger nos beaux sabots vernis ? »
Un autre matin, des « hi-han » scandalisés réveillent toute la maison : pendant la nuit, quelqu'un a volé le toupet noir et touffu que l'âne Grison portait au bout de sa queue.
Et dans le vent, le surlendemain, le chêne gémit qu'on lui a dérobé quelques branches !
« Vraiment, cela ne tourne pas rond, se dit le père Noël. Et en plus, voilà que Gustaf a disparu ! »
Finalement, le soir du grand jour, le père Noël entre dans le corral, pour préparer ses bêtes : il brosse leur fourrure lustrée, cire leurs bois fiers. Il vérifie leurs sabots, examine leurs dents… Mais soudain, il sourit et dit :
« Je crois que, cette année, je vais atteler un neuvième renne. » Les autres rennes sursautent et se retournent, stupéfaits. Dans un coin de l'étable, il y a un neuvième animal, court sur pattes ; ses sabots sont clairs et vernis ; ses bois ressemblent à des branches dégarnies, et il porte sur le menton une barbiche de crin noir.

Le père Noël, un fin sourire aux lèvres, attelle tout son monde, puis il saute sur son traîneau et s'écrie : « En avant, les amis ! » Alors, l'étrange renne à la barbiche noire est si content, si fier, qu'il remue la queue en lançant un joyeux… « Ouarf, ouarf, ouarf ! » Oups… La gaffe ! Gustaf s'est trahi ! Il met sa patte devant sa gueule. Mais dans ce mouvement, le gilet de peau glisse de son dos. Les branches du chêne, mal attachées sur son crâne, tombent lamentablement. À ce moment, un immense éclat de rire secoue le père Noël et les rennes. « Allons, Gustaf, nous t'avions reconnu ! Mais tant d'efforts méritent bien une récompense ! » Et si vous écoutez très attentivement, vous reconnaîtrez, certaines nuits de Noël, au milieu des grelots qui tintinnabulent dans le ciel, la voix enrouée du premier labrador volant de Noël : « Ouarf, ouarf, ouarf, je vole, les gars, je vole ! »

La Merveilleuse Histoire de Noël

Toc, toc, toc…

« Qui est là ? ronchonna le bœuf avec lassitude.

– Je suis Joseph, et je suis avec ma femme Marie. On nous a dit qu'il n'y avait plus de place pour nous à l'auberge et que nous pouvions venir ici, dans votre étable, pour la nuit…

– Le bœuf et moi, nous avons travaillé toute la journée, alors on aimerait bien se reposer un peu maintenant, répondit l'âne.

– C'est-à-dire que ma femme est sur le point d'accoucher, alors ça presse…

– On ne peut pas être un peu tranquilles, ce n'est pas possible », dit le bœuf en allant ouvrir la porte de l'étable de mauvaise grâce.

Mais quand il vit le visage fatigué de Marie
et l'inquiétude de Joseph, il se radoucit.
« Installez-vous ici, ma petite dame,
la paille est fraîche, on l'a changée hier. »
Et Marie se coucha dans la paille et, dans la nuit,
elle mit au monde son premier enfant
et l'emmaillota dans un lange.
Le bœuf et l'âne s'approchèrent lentement
pour voir à quoi ressemblait ce petit d'homme
qui venait de naître.
« Il est si petit, ce n'est pas croyable,
dit le bœuf.
– Et regarde, il a une toute petite tête
toute mignonne, dit l'âne.
– Et il y en a déjà plus dans
sa petite tête que toi dans ta grosse
tête d'âne. Ah, ah, ah ! rigola le bœuf.
– Au lieu de faire des blagues pas
drôles, tu pourrais peut-être lui
prêter ta mangeoire,
à cet enfant, qu'on lui
fasse un joli berceau avec.
– Pas bête, l'âne, tu vois quand tu veux ! »
Et le bœuf et l'âne remplirent
la mangeoire de paille fraîche.

Marie y déposa l'enfant et l'installa confortablement.
« Voilà, comme ça, il est bien maintenant, dit l'âne.
– Tu ne crois pas qu'il peut prendre froid ?
La nuit est bien fraîche et le vent passe à travers les planches en bois de l'étable.
Il faudrait qu'on le réchauffe ce petit bout…
– Je vais le prendre dans mes pattes, dit l'âne.
– Non, moi plutôt, je suis moins maladroit, répliqua le bœuf.
– C'est gentil, les amis, dit Joseph, mais je crois qu'il vaut mieux qu'il reste bien au chaud dans la paille.
Peut-être pourriez-vous le réchauffer de votre souffle plutôt ? »
L'âne et le bœuf se penchèrent sur la mangeoire et soufflèrent de toutes leurs forces, à en être tout étourdis.
Mais bientôt arrivèrent les bergers que l'ange avait prévenus de la naissance de Jésus.
Ils étaient nombreux à vouloir présenter leurs hommages à l'enfant, dans l'étable de l'âne et du bœuf.
Et c'est ainsi que les deux compères devinrent l'âne et le bœuf les plus célèbres de toute l'histoire de l'humanité.

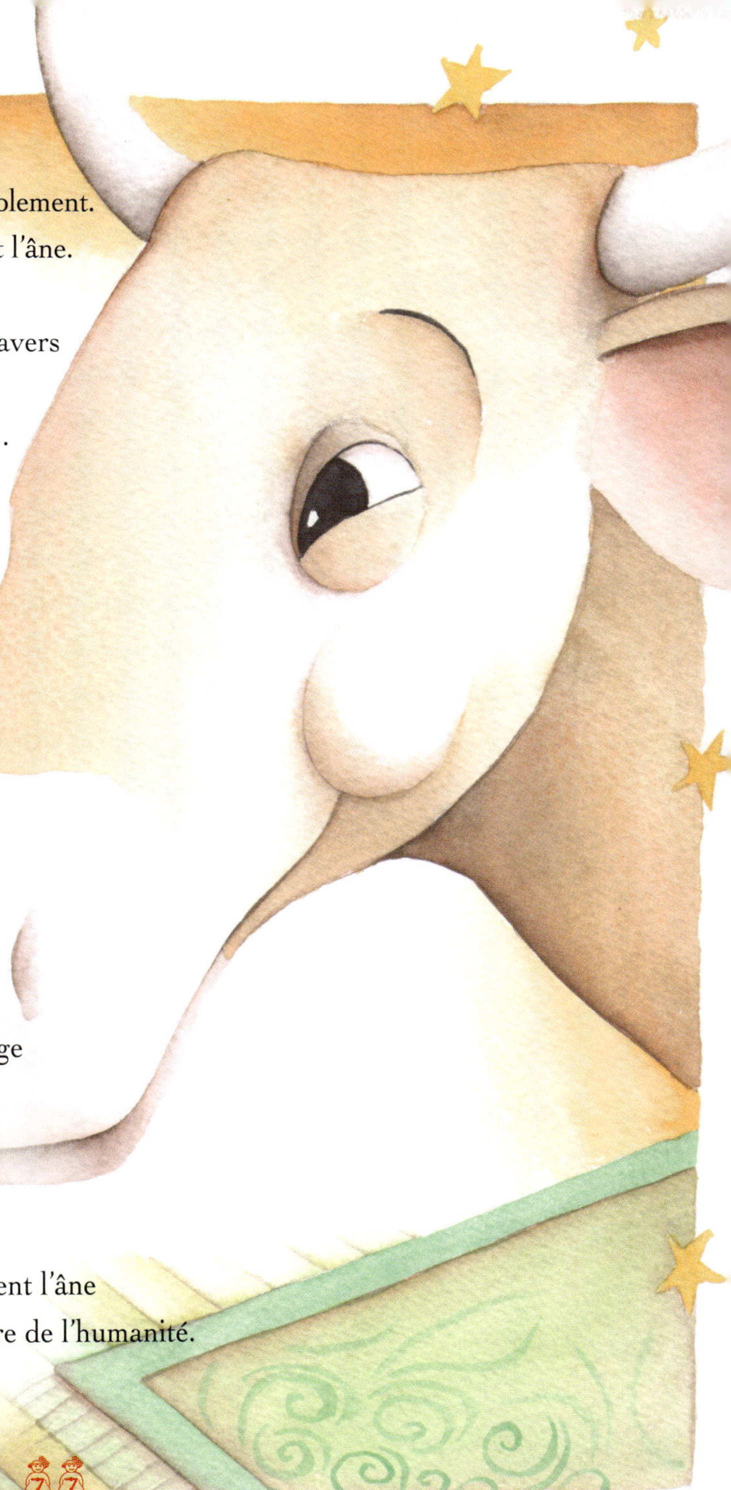

Joyeux Noël !!!

Achevé d'imprimer en juillet 2021 par Rotolito Romania en Roumanie.
N° d'édition : J21271
Dépôt légal : octobre 2021

PEFC
PEFC/46-31-13
Certifié PEFC
Ce produit est issu de forêts gérées durablement et de sources contrôlées
www.pefc.ro